獻給支持我圓夢成為畫家的帥氣父母

蘇西・李 Suzy Lee

創作這本作品的蘇西・李在遇到真正的畫家後，踏上了繪畫之路，並致力於創作出能夠讓人感到灼熱刺痛的繪本。她於韓國及英國研習繪畫與書籍藝術，並在世界各國出版繪本。2022 年成為首位獲得素有「兒童文學界諾貝爾獎」之稱，具有全球權威性的國際安徒生獎的韓國人。此外，她分別以《雨露麻》及《夏天》獲得 2021 年及 2022 年波隆那拉加茲童書獎故事類的特別提名獎，並以《翻開這本小小的書》獲得波士頓環球報號角書獎。其他作品有《海浪》、《鏡子》、《影子》、《動物園》、《線》、《小黑》（暫譯）、《買下樹影的人》、《夏天》、《蘇西・李的繪本》等。

作家官方網站為 www.suzyleebooks.com。

我的畫室

圖文｜蘇西・李（Suzy Lee）
翻譯｜賴毓棻

步步出版 社長兼總編輯｜馮季眉　責任編輯｜徐子茹、陳奕安、陳心方　美術設計｜吳孟寰

出版｜步步出版／遠足文化事業股份有限公司　發行｜遠足文化事業股份有限公司（讀書共和國出版集團）
地址｜231新北市新店區民權路108-2號9樓　電話｜02-2218-1417　傳真｜02-8667-1065
客服信箱｜service@bookrep.com.tw　網路書店｜www.bookrep.com.tw
團體訂購請洽業務部 (02) 2218-1417 分機1124
法律顧問｜華洋法律事務所・蘇文生律師　印刷｜博創印藝文化事業有限公司
初版｜2023年7月　定價｜450元　書號｜1BSI1088　ISBN｜978-626-7174-52-4

나의 명원 화실
Copyright © 2008, Suzy Lee 이수지
All rights reserved.
First published in Korean by BIR Publishing Co., Ltd.
Complex Chinese Translation Copyright © 2023 by Pace Books,
an imprint of Walkers Cultural Enterprise Ltd.
Complex Chinese translation edition is published by arrangement
with BIR Publishing Co., Ltd. through The Grayhawk Agency.

國家圖書館出版品預行編目(CIP)資料

我的畫室 / 蘇西.李(Suzy Lee)圖.文；賴毓棻翻譯. -- 初版. --
新北市：步步出版，遠足文化事業股份有限公司, 2023.06
56面；　18x23公分　譯自：나의 명원 화실
ISBN 978-626-7174-52-4(精裝)
862.59　　　　　　　　　　　　　　112007724

我的
畫室

Suzy Lee

步步出版

今天我的畫又是第一個被挑中。老師總是在美術課快要結束時，挑出要掛在教室後方的畫，而我的畫一次都不曾被遺落。

其他同學羨慕的眼光投向我的臉頰，不過這也沒那麼難吧。

因為我很清楚什麼樣的畫才是會「雀屏中選的畫」。

我這麼厲害，看來是注定要當畫家了。「該怎麼做，才能成為一位優秀的畫家呢？」當我在放學回家途中專心的思考這個問題時，看見了在家附近的彩虹商場有一塊不曾見過的招牌。

明園畫室

「對呀，想要成為一位優秀的畫家，就要認識真正的畫家！」

其實在這之前，我一直認為自己注定要成為一位芭蕾舞者，但我只去上了一星期的舞蹈課就放棄了。所以這次為了徵得去明園畫室上課的許可，從那天開始，我必須一天、兩天、三天、四天，還要再多一天，苦苦哀求著媽媽同意。

當我和媽媽一起來到位於商場三樓的「明園畫室」時，我的心臟撲通撲通跳個不停。畫室裡沒有人在，所

以我們敲了敲隔壁另外獨立出來的房門。那裡面有位「真正的畫家」正在等我。雖然我不曾見過真正的畫家，但我似乎知道他大概會長成什麼樣子。

真正的畫家的個子會像公寓那麼高，臉像新月那般細長，而且身材一定是乾乾扁扁的（因為有很多煩惱）。長髮上戴著一頂黑色的貝雷帽，還有，一定會在嘴邊歪歪斜斜的叼著一根氣味濃烈的菸斗。

我 第一眼就非常喜歡真正的畫家，因為他看起來就像是一位真正的畫家。他看著我苦惱了一會兒，然後說我隨時都可以過來，想怎麼做就怎麼做。

我可以早上過來嗎？
也可以晚上過來嗎？可以每天都過來嗎？

真正的畫家默默的看了我一眼。

第二天，我放學回家後，就立刻衝往明園畫室。一走進畫室，看見一位滿臉青春痘的高中生哥哥正在畫畫，還有我偶爾會在學校遇見、名為俊浩的傢伙，那傢伙和他的弟弟正吵鬧的跑來跑去。

要畫什麼才好呢？即使我來了，真正的畫家也只是稍微往外看了一下，並沒有告訴我該畫些什麼。在學校的時候，老師總是會叫我們畫些「春日郊遊」或「太空之旅」這類的主題。

我很想展現一下自己有多會畫畫，所以開始畫起上次在學校畫過的東西。既然是被老師掛在教室後面的畫，那麼真正的畫家也會稱讚我吧。我感覺到俊浩那個笨蛋和他弟弟正在偷看著我的畫，便有些得意忘形起來。在確認完自己用各色蠟筆全部塗滿之後，我就請真正的畫家過來。他輪流看向我那滿懷期待的臉和畫，只問了一句「你明天要幾點過來？」就回到自己的房裡了。

隔天，我有點沮喪，所以安靜的走進畫室。真正的畫家一看到我，就拿了放在畫室一角的水瓢過來，又拿出一本比我的素描簿還大上許多的素描簿，要我試著用鉛筆畫那個水瓢看看。

看來在這裡不是一定得用黃色蠟筆畫草圖才行。雖然這是每天都會用到的鉛筆，但只用鉛筆作畫的感覺非常神奇。我在畫那黃色水瓢的弧線時，手可是抖個不停。

夏天過去了。這段時間我光是水瓢就畫了十張，也畫了向日葵、水龍頭，某天還畫了由真正的畫家的普通人朋友買來的葡萄串，而且全都只用鉛筆作畫。

真正的畫家說，只要認真觀察水瓢、向日葵、水龍頭和葡萄串，就會發現有很多可以畫的東西。

該說是用心觀察世界很重要嗎？他告訴我，如果可以將仔細觀察到的東西轉移到自己的內心，接下來只要一點一滴的把它們畫出來就可以了。他還說了「水瓢裡盛載著整個世界」這種令人費解的話。

雖然我根本聽不懂那是什麼意思，但我還是照著真正的畫家所說的，認真觀察。在這樣持續的觀察之下，感覺好像真的看到了什麼。嗯，確實每次看起來都不太一樣。

這段時間，我的畫在學校還是一如往常，總是最先被挑中，掛在教室後方展示。當然我在學校和在畫室裡畫的畫，可說是截然不同，感覺就像是化身成為我前不久剛讀過的《化身博士》主角一樣。

在畫室裡，我只要一有空，就會進出真正的畫家的房間。他會將畫架放在房間的一角，然後在那裡畫畫，而我非常喜歡看他作畫。每當這種時候，我總覺得他看起來更像一位真正的畫家了。但是俊浩和他弟弟除非逼不得已，不然絕對不會進到他的房裡。他們說那裡有個奇怪的味道，而且很可怕。

確實有一點味道。滿臉痘痘的哥哥說那是在畫畫時會用到，一種名為「松節油」的氣味。當然，其中應該也混雜了一大半真正的畫家在那個房間裡抽的真正的菸斗的味道就是了。總之，每當我打開那扇房門時，就會莫名的喜歡那股奇怪的味道。

真正的畫家外出時，我就會更仔細的探索那房間的每個角落。房裡充斥著許多我從未見過的物品，簡直就是個驚人的世界。

書架的一側堆著許多大型畫冊，這些畫冊裡收集了

像真正的畫家一樣優秀的其他真正的畫家的畫作。我每天都會看三本我不曾看過的畫冊。雖然偶爾會因為出現脫光光的裸女圖片，而必須趕快翻頁就是了。

　　牆上掛滿了真正的畫家的畫作。在放著畫架的那個角落，散落著裝有「松節油」的大瓶子，還有用來清洗筆刷的油桶、高達我身高一半的圓型調色盤、寫著歪歪扭扭字樣的各色顏料，還有各種大小不同的筆刷。窗簾總是只拉開一點點，所以房間裡經常是黑漆漆的一片。

　　在傍晚的陽光形成長長的影子之前，我經常坐在寧靜的房間一角，一邊羨慕著可以坐在這麼棒的房間裡、只靠作畫維生的真正的畫家。

畫室位於彩虹商城三樓走道的盡頭，旁邊是三一教會、吳美思洗衣店，還有第一速讀補習班。在鄰居美蘿不停的邀約之下，我陪她去了幾次三一教會。教會兒童部的老師每週都要我們背一點東西，於是我決定再也不去那裡了。

這世界上我最討厭的就是背東西了，所以我決定忍耐，星期天暫時不去畫室。如果在去畫室的途中遇到兒童部老師，那該有多不好意思啊。

吳美思洗衣店從早到晚都會發出嘶嘶聲，散發又白又熱的蒸氣。每當經過店門口時，我都會摀住耳朵，一口氣奔向畫室。每次經過那裡，我總覺得那道白煙一定會跑過來把我抓走。只要關上畫室的門，感覺就像是來到了另一個世界。那些從第一速讀補習班走出來的小孩個個面無表情，我實在不懂為什麼書讀得快對某些人來說會那麼重要。

不過話說回來，對那些人來說，可能也無法理解花上好幾天來畫一個水瓢的重要性吧。其實我也不太清楚其中的原因，但可以肯定的是，這可能很重要。

不然的話，要怎麼解釋真正的畫家偶爾會為了畫畫，而好幾天不出房門的行徑呢？

不知從哪時候起，我開始見到一些工人叔叔來來去去，然後畫室的一側空了出來，牆上貼著剪成兔子、蝴蝶形狀的色紙，並在那裡放上了小桌子和小椅子。接著在「明園畫室」的招牌下，貼上了「幼兒園」三個小小的字樣。我聽到沉默寡言的青春痘哥哥嘆了一口氣，說了這幾句話：

「光靠我們幾個是買不起松節油的。藝術這條路既漫長又很崎嶇，總是得想辦法先有飯吃才能繼續走下去。」雖然我還是不能理解這跟畫室的一半變成幼兒園有什麼關係，但看來要作為一位真正的畫家，待在很棒的房間裡光靠作畫維生，是一件非常困難的事情。

雖然我很不想被那些小小孩佔據整個早上，但為了真正的畫家好，我也只能忍耐了。

秋天來了。在某個陽光明媚的日子裡，真正的畫家在青春痘哥哥的畫架旁邊又放了一座畫架，接著叫我試著畫前面插滿花的玻璃瓶。他要我現在別只用鉛筆，而是嘗試使用顏料作畫 —— 就像青春痘哥哥一樣！

我感到非常自豪。我們班的同學到現在還只用蠟筆畫著「秋季運動會」或「恐龍時代」這些主題，我卻已經開始使用顏料畫起「水彩靜物畫」了。我忙著揮舞畫筆，都不知道水從我的第一張「水彩靜物畫」上不停滴落，在地板上氾濫成災。

顏料在白紙上慢慢擴散，它們彼此互相凝聚，形成了奇妙的色彩。我被顏料產生的美麗紋路迷住了好一會兒，才突然感受到背後真正的畫家的目光。

仔細想想，他好像一次都不曾要求我這麼做或是那麼做。雖然我曾聽他自言自語的說過「在這世界上沒

有『畫不好的畫』」就是了。

　　不管左看還是右看，我的花瓶看起來都不像是個花瓶，但我想真正的畫家一定很喜歡我的畫。雖然他不怎麼說話，但光看他的眼神，我就能知道。

　　如果開心的用顏料作畫一段時間，未來某天我也能像真正的畫家一樣，使用「松節油」來畫畫嗎？

某天，真正的畫家說要去「戶外寫生」。話雖如此，去的也只不過是位於馬路對面，前方的那座山而已，但我們還是興致勃勃的唱了一整路的歌。我們在各個地方找好位子坐下，彷彿自己變成一位真正的畫家似的，帥氣的打開了素描簿。果然不出我所料，過不了幾分鐘，俊浩和他弟弟就開始撿栗子互丟了起來。

青春痘哥哥早已開始用整片楓紅的山腳作為背景，靈巧的畫出了枝葉茂盛的栗子樹。我則是被一座小池塘吸引，坐在池塘邊的石頭上。當我看著水中的魚游來游去時，真正的畫家來到我身邊坐下，要我試著畫水。

「水又沒有顏色，要怎麼畫呢？」看我一聲不吭的樣子，真正的畫家便開口問我。他問我在池塘裡看見了什麼？我告訴他我看見了布滿青苔的綠色岩石，和魚兒劃開水面的黃色背紋。接著他又問我在水面上看見了什麼？

嗯……水面上有水蚤在漂動，還漂浮著落葉。我剛才還不知道，原來水中的藍色是倒映著天空所產生的呀！上面還漂浮著白雲呢。這麼說來，池塘裡的東西可真多。

真正的畫家用低沉的聲音說了：

「像這樣泡在水裡、漂浮在水面，還有倒映在水面上的所有東西，都會讓水看起來像水。這就是不靠畫水來畫水……」

我被不知從哪飛來的一群蜻蜓吸引住，並沒有仔細聽真正的畫家最後說了什麼。俊浩和他弟弟為了抓蜻蜓把池塘搞得天翻地覆，害得我最後沒辦法將那張池塘畫完成。話說，到最後我也加入他們的行列一起追趕蜻蜓，就這麼度過了難得的「戶外寫生」時光。真正的畫家背著手，默默看著遠山，度過了所有時間。一直畫到最後，將畫作完成的人，就只有青春痘哥哥了。總之，我們那天可是一共抓到了七隻蜻蜓呢。

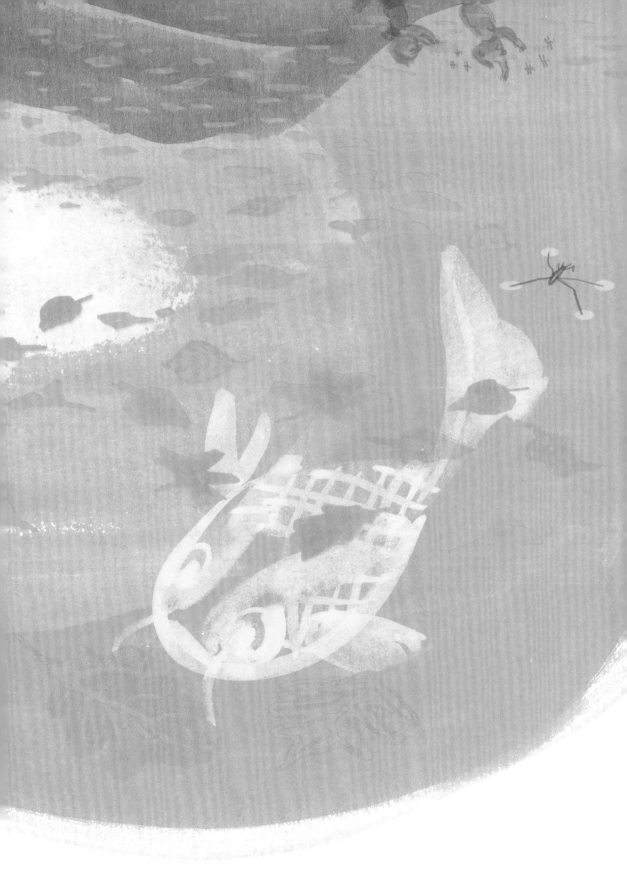

冬天來了。我很喜歡冬天，因為是我生日的季節。生日那天早上，媽媽說我有一封信，遞給我一個信封。我從信封裡拿出了一張這輩子第一次見到的生日卡片。

卡片上畫著以各種顏色的點點，一點一點構成的圖案。可是在那一個個的點點之間，又能見到天空、山坡和鳥兒。我揉了揉眼睛，再次仔細的看了看，越看就能發現越多東西。那無數個點在光線中晃動，變成了陽光，變成了雲朵，也變成了風。黃色、藍色的點點正在翩翩起舞。

圖的背面用我勉強能看懂的字體，寫著「生日快樂」四個字。那是真正的畫家的字。是真正的畫家為了我，親手製作了這張了不起的卡片並送過來。那一瞬間，我彷彿聽見心裡的某處「砰」一聲的炸開了。

面對有史以來第一次感受到的這種心情，我有些手

足無措，只能傻傻站在原地。喉嚨好像有些灼熱刺痛，胸口則是疼得厲害，而肚子中間則是有種酥酥麻麻的感覺。沒想到這一小張畫竟然會讓我感到如此痛苦。

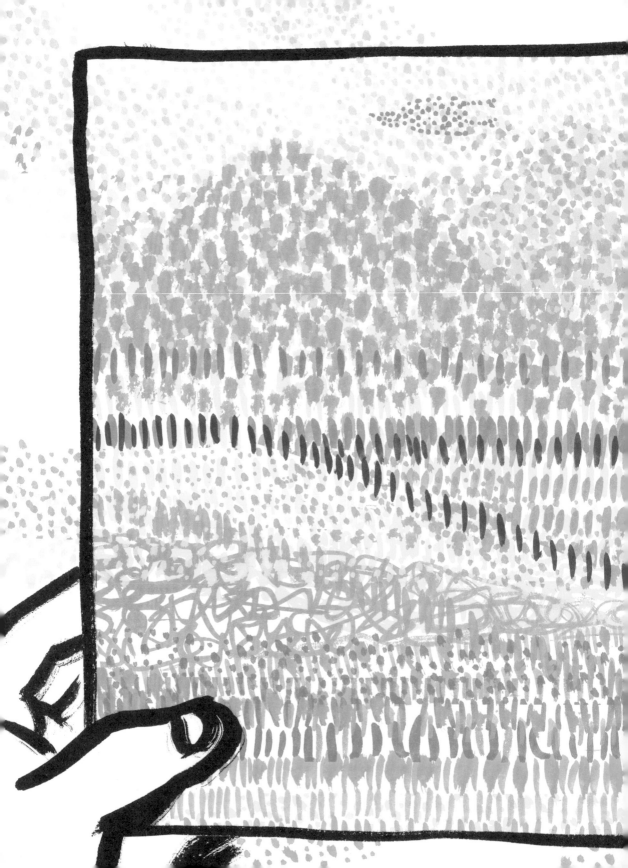

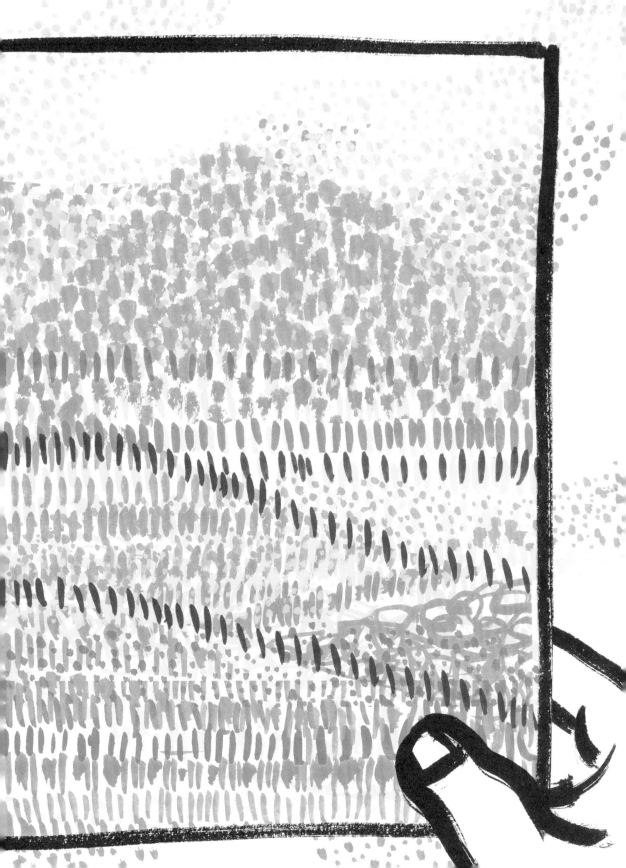

冬天過了，新的學年度也開始了。新學年開始後，我忙著應付新老師、新班級和結交新朋友，就有一段時間沒有去畫室。然後，這是祕密喔。在新班級的同學當中，出現了一個我喜歡的人。美蘿說再過不久就是他的生日了，我也想像真正的畫家畫給我的那樣，為他製作一張精美的生日卡片，所以我才會那麼忙碌，忙得如此不可開交。

有一天，我在放學回家途中遇見了俊浩和他弟弟。俊浩說了奇怪的話。他告訴我明園畫室消失了。為什麼？我幾乎像是大吼般的問他，但之後卻聽不見俊浩的弟弟回答了什麼。

我瘋狂的跑著。遠處被煙燻成一片焦黑的彩虹商場大樓逐漸進入我的眼簾。

我不記得自己是怎麼爬上三樓的。明園畫室整間蕩然無存。原本畫室所在的位置，全都被燒成了一片焦

黑，真正的畫家的房間也消失在一片廢墟之中。真正的
畫家掛滿整面牆的畫作、他那些其他優秀畫家的畫冊、
他的畫架和「松節油」的油桶，以及我珍貴的水瓢畫
和靜物水彩畫，全都消失得無影無蹤。

「說不定這只是一場夢。」

我傻傻的站在那裡很長一段時間。

後來聽人們說起，火災的原因是「電線走火」。雖然我不知道「電線走火」究竟是什麼意思，但三一教會、吳美思洗衣店和第一速讀補習班全都沒事，為什麼就只有我的明園畫室被燒成一片焦黑呢？

從那之後，我連一次都沒再見過真正的畫家了。就像什麼事情都沒發生過那般，每個星期天我依然會在商場前遇見教會兒童部老師，洗衣店仍然發出嘶嘶的吵鬧聲，面無表情的小孩們也依舊進出著那間速讀補習班，只有真正的畫家和明園畫室逐漸消失在人們的記憶當中。

在學校的美術課，其他同學的畫會先被挑中，而我的畫只有非常偶爾才會出現在教室後方的牆面上。但現在對我來說，畫有沒有被挑中也無關緊要了。

彩虹商場的三樓到現在都還留著巨大黑煙的痕跡。當那道黑漆漆的痕跡讓我內心感到難過時，我常會一個

人跑到前面那座山腳下的池塘畫畫。

我偶爾會翻一翻那張放在我床頭上的漂亮點點生日卡片。每當我看著那一小幅畫時，我的喉嚨依然會感到有些刺痛。

我的畫也能帶給某個人這種灼熱刺痛的感覺嗎？

如果是這樣，那我應該會很開心吧。真正的畫家跑去哪裡了呢？我真的很想告訴他這種奇妙的感覺。